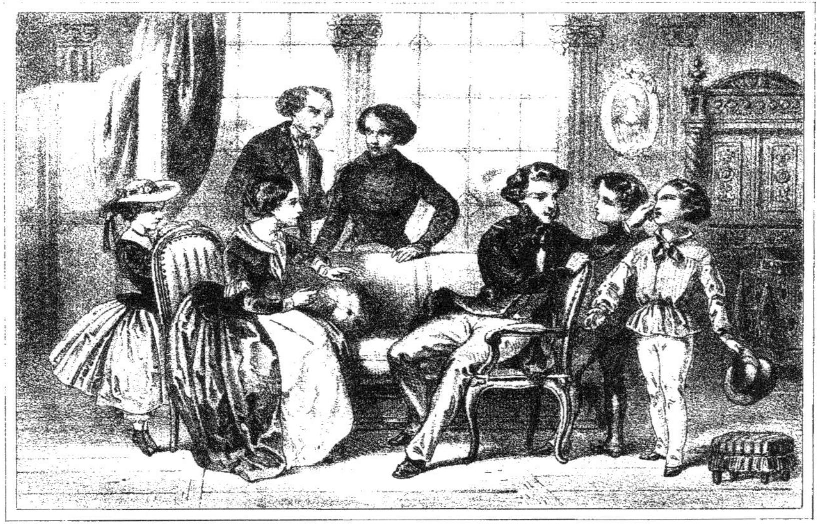

ÉCOUTE PLUTÔT, REPARTIT LE CAPITAINE EN APPROCHANT DE L'OREILLE DE SON NEVEU, LA JOLIE MONTRE...

SI VOUS AVEZ DU CŒUR, LEUR CRIA-T-IL, APPROCHEZ, JE VOUS ATTENDS...

ILS ENTRÈRENT AU MOMENT OU LÉONCE, CÉDANT ENFIN AUX SUPPLICATIONS DE GEORGES, ÉTAIT ALLÉ S'ASSEOIR AUPRÈS DE LUI.

SOUS LES TROPIQUES.

N'AIE PAS PEUR, LUI DIT-IL TOUT BAS, IL VEUT AVOIR L'AIR EN COLÈRE, MAIS IL N'EN EST RIEN ; VA TOUJOURS.

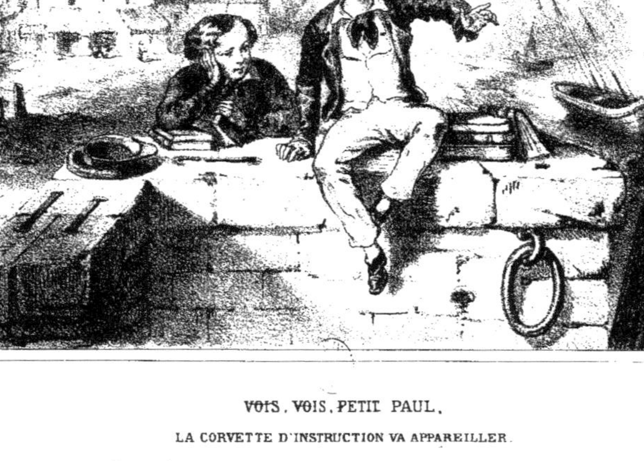

VOIS, VOIS, PETIT PAUL,

LA CORVETTE D'INSTRUCTION VA APPAREILLER.

Lithographie artistique de la Lorraine Haguenthal éditeur à Pont à Mousson (Meurthe)

LE TROISIÈME JOUR LE MAL S'APPAISA,

ET ILS PURENT MONTER SUR LE PONT.

IL S'ÉCHAPPA AVEC SON FRÈRE,
ET GRAVIT LE MORNE QUI CACHAIT L'INTÉRIEUR DE L'ILE.

JE L'AI SOUVENT PENSÉ, BALBUTIA LE MALADE,
ET TOUTES LES FOIS QUE TU RÉPÉTAIS : JE VEUX ÊTRE INDÉPENDANT!...

SOUS LES TROPIQUES

AVENTURES

DE

DEUX FRÈRES CRÉOLES

PAR

LANCASTEL ET R.-R. DE LONSAUR

DESSINS PAR

HAGUENTHAL ET FAGONDE

LITHOGRAPHIE ARTISTIQUE DE LA LORRAINE

HAGUENTHAL, ÉDITEUR

A PONT-A-MOUSSON (MEURTHE).

Pont-à-Mousson, Typ. Toussaint.

LES DEUX
FRÈRES CRÉOLES.

De toutes les îles, merveilles de richesse et de fécondité, que Dieu a semées à profusion sous la brûlante latitude des tropiques, la plus belle, la plus riante, la plus splendide est assurément l'Ile de France, cette perle de la mer des Indes que les Anglais ont convoitée longtemps, dont ils ont fini par se rendre maîtres, et qu'ils ont appelée aussitôt île Maurice, sans doute parce que le premier nom faisait trop souvenir qu'ils n'étaient point chez eux, mais seulement en pays de conquête. Dans cet Eden, la nature, parfois si avare de ses trésors, n'a pas mis de bornes à sa prodigalité, et s'est plue à répandre ses dons avec une profusion qui tient du prodige. Les habitants n'ont pas même à redouter la morsure des reptiles venimeux et celle des bêtes fauves. Le ciel est bleu constamment et l'atmosphère sereine. Le printemps succède à l'été presque sans transition, car on ne peut appeler du nom d'automne et encore moins de celui d'hiver, quelques semaines de pluie qui signalent la fin de mai et le commencement de juin. L'île Maurice étant située sous le tropique du capricorne, le printemps pour elle apparaît lorsque revient la mauvaise saison dans les pays du nord.

Deux fois chaque année les épis brunissent dans les sillons, deux fois les fruits mûrissent et deux fois la récolte se fait dans les champs toujours verts, les fleurs ne se fanent que pour faire place à des fleurs nouvelles; même quelques arbres comme le citronnier et l'oranger présentent ce phénomène ravissant de fruits mûrs et de corolles épanouies s'étalant ensemble sur une seule branche.

Les rivières nombreuses et profondes, les mornes et les pitons gigantesques, les forêts de palmiers, de bambous, de takamakas, de pamplemousses et de tamarins forment avec les plaines fécondes le plus admirable contraste, et répandent l'ombre, la fraîcheur, le silence imposant des solitudes sur une partie de cette contrée bénie, faite toute entière d'éclat, de splendeur, de lumière et d'animation.

L'orage est presque le seul fléau que les insulaires aient à redouter ; du moins c'est celui qui cause les dégâts les plus considérables. Parfois, sans qu'on puisse prévoir un aussi brusque changement, le ciel, ordinairement calme et bleu, se couvre de nuages noirs, sombres, opaques, le vent s'élève, prélude par quelques sinistres rafales, se tait, mugit de nouveau, et finit par se déchaîner sur l'île avec une violence inouie.

Il devient terrible et renverse tout sur son passage. Il broie les cannes à sucre, enlève dans l'espace les tiges de manioc, courbe et ébranle du faîte à la racine les géants centenaires des forêts, brise même, malgré leur extrême ténuité, les branches longues, frêles et souples du filaos.

Lorsque la récolte est terminée, on n'a guère à déplorer que la perte des arbres fruitiers peut-être la destruction d'un certain nombre de cases appartenant aux nègres, rarement celle de quelques maisons de planteurs, isolées et placées sur les mornes.

Mais si l'ouragan sévit tandis que les champs sont en pleine végétation, les richesses que promettait la terre fertile ne forment plus qu'un monceau de débris.

Il est vrai que six mois plus tard une nouvelle et abondante moisson, fait oublier la perte de la précédente. Quant aux dégâts que l'orage a pu causer aux habitations, il faut un temps bien moins long pour les réparer. Quelques jours suffisent aux nègres pour édifier leurs cases, et les maisons des planteurs se bâtissent avec une rapidité surprenante : elles sont construites en bois pour la plupart, et se distinguent plutôt par la légèreté, l'élégance et la grâce de l'architecture que par la solidité de la maçonnerie.

En 1850, à quelques kilomètres de Port-Louis, capitale de l'île, on apercevait, et l'on aperçoit sans doute encore à présent, une de ces jolies habitations dont la façade, découpée à jour comme le portail d'une chapelle gothique, interceptait les rayons du soleil, tout en livrant passage à l'air qui pouvait circuler librement et se renouveler sans cesse.

D'épais massifs de mangliers et de lilas de Chine entouraient la maison, et servaient de clôture au jardin où croissaient presque sans culture les rosiers de l'Inde et de la Chine, les immortelles du Cap, les aloès et les frangipaniers.

C'était une charmante propriété, la plus importante du voisinage, la plus agreste, celle qu'admiraient le plus les étrangers aussi bien que les indigènes, qu'ils enviaient le plus aussi peut-être, car elle n'avait pas seulement de beaux ombrages, et des fruits et des fleurs, et des sources d'eau vive, mais encore elle était animée par une gaîté perpétuelle qui donnait du prix à toutes ces choses.

Jamais l'écho sonore n'avait répété que des refrains et des éclats joyeux. Trois enfants, deux jeunes garçons et une petite fille, grandissaient heureux et insouciants à l'ombre des beaux arbres qui abritaient leur logis comme les branches touffues du tamarin abritent le nid du figuier bleu.

Et vraiment on ne pourrait les comparer tous trois qu'aux brillants oiseaux des tropiques qui peuplent et savent rendre riante la plus sombre solitude. Comme eux, ils avaient des chants pour toutes les heures du jour; des chants qui commençaient à l'aube, et continuaient encore lorsque dormait depuis longtemps le Fondi-Jala, ce rossignol des contrées torrides.

Un matin, c'était à la fin de l'été, une animation plus vive qu'à l'ordinaire, une agitation plus grande que de coutume régnaient dans l'habitation. Les enfants, moins joyeux peut-être, étaient plus bruyants; les domestiques couraient partout soucieux et affairés, et semblaient avoir peine à exécuter les ordres multipliés de leurs maîtres.

Dans les cuisines, une vieille mulâtresse gourmandait sans relâche deux ou trois aides placés sous sa direction, et faisait courir à son bon caprice une demi-douzaine de négrillons aux cheveux crépus, qui se mouvaient comme de noirs diablotins autour de la terrible Hécate, en ayant soin de ne point se trouver à portée de son bras.

Ils considéraient avec un étonnement stupide et une convoitise manifeste le festin qui éclosait pièce par pièce sous les doigts secs et ridés du maussade cordon bleu, et chaque fois qu'un nouveau plat répandait dans l'appartement son fumet exquis, ils fendaient leurs larges bouches en un rire, silencieux il est vrai, mais qui ne manquait ni d'expression ni même d'éloquence.

A l'office, deux jeunes femmes, l'une blonde, blanche, mince, aux traits secs, longs, anguleux, et appartenant évidemment à la race britannique; l'autre, dont le teint noir comme la nuit, les pommettes saillantes, les cheveux courts, laineux et crépelés décelaient l'origine mozambique, arrangeaient sur des assiettes de porcelaine de Chine un dessert vraiment splendide, bien qu'il se composât presque uniquement de fruits cueillis dans les vergers.

Debout et les bras appuyés sur la table de bois de cannes, une petite fille considérait attentivement les pyramides de bananes, de jamboses, d'ananas et de mangues qui resplendissaient au soleil et parfumaient la brise qui se glissait au travers des ventilateurs.

Narina, demanda tout-à-coup l'enfant, en regardant la femme de couleur, quel est de tous ces fruits celui que tu préfères?

Narina ne put trouver sans doute de réponse plausible, car elle fit entendre, à l'instar des nègres employés aux cuisines, un rire guttural, naïf, étonné, et secoua la tête sans dire mot.

— Sont-elles stupides, ces négresses, s'écria la femme blonde.

— Chut, Lucy, répartit la petite en posant un doigt sur ses lèvres, vous savez que maman ne tolère point de semblables réflexions, et ne veut pas que ses gens se moquent des nègres....

Miss Lucy, femme de chambre ou plutôt espèce de dame de compagnie de la maîtresse de l'habitation, traitait avec un parfait mépris et un égal dédain ses camarades de couleur qu'ils fussent nègres, mulâtres ou métis. Elle sourit sans répondre, prit un air de supériorité blessée, s'approcha d'une armoire et se mit à ranger les corbeilles de dessert sur les rayons, laissant la petite créole causer librement avec sa noire interlocutrice.

— Dis, continua l'enfant d'un ton insinuant et curieux, que préfères-tu...? les goyaves, les mangues, les jamboses?

— Maîtresse Louise... reprit lentement Narina que miss Lucy interrompit aussitôt en s'écriant d'une voix sèche et aiguë comme sa longue figure busquée : mademoiselle Louise... et non pas maîtresse Louise, je vous prie... ce jargon est affreux, vous ne l'ignorez point, je vous l'ai répété cent fois, et madame, dont on nous rappelait tout à l'heure l'autorité, ne peut le souffrir.

— Mademoiselle Louise, reprit la négresse avec une humble docilité, la banane est le meilleur de tous les fruits, à mon avis... et c'est celui de la chanson avec laquelle les négresses endorment leurs enfants au berceau :

« Si moi grandis, à bon passé, à banane
» Moi conserverai, meilleur souvenir à moi. »

— Tu as raison, Narina, la chanson aussi, et j'aurais dû me rappeler ce refrain..... Mais devines-tu pourquoi je te fais de semblables questions?

— Pour savoir, bien sûr.

— Oui pour savoir... et à présent que je sais, je te prierai de remplir de bananes une grande, une immense corbeille, que tu porteras à bord de la *Caroline*, sur laquelle mes frères vont s'embarquer...

Pauvre Léonce, pauvre Georges, ils me sauront gré certainement de cette attention.

— Vous êtes une bonne petite fille... s'écria miss Lucy, cependant je vous conseille de ne point vous apitoyer sur le sort de nos jeunes voyageurs... ils sont bien heureux, je vous assure... Ils vont en Europe... Ils habiteront ma chère Angleterre... que ne puis-je les accompagner.

— Cela vaudrait mieux pour tout le monde, murmura Narina à qui Louise imposa silence en souriant.

— Ah ! si j'étais petit oiseau... continua l'Anglaise en suivant d'un regard extatique et charmé un lori qui était venu raser la fenêtre du bout de son aile éclatante, et qu'elle prenait sans doute pour une hirondelle qui se serait égarée dans son voyage transatlantique.

Si vous étiez petit oiseau, ma chère miss, vous préféreriez bâtir votre nid sous les rameaux du pamplemousse, plutôt que d'aller le percher sur les froids sapins d'Europe. Mais puisque vous regrettez tant l'Angleterre, comment avez-vous fait pour la quitter ?

Je l'ai quittée par dévouement pour ma maîtresse qui venait habiter Port-Louis, et me priait de l'accompagner... la pauvre lady est morte peu de temps après, et c'est alors que je suis entrée au service de madame Romieux.

— Vous connaissez, n'est-ce pas, la famille de ce sir Edouard Bukwich chez lequel mon oncle, le capitaine Charras, doit conduire mes frères.

Sir Edouard n'a plus de famille, mais mon ancienne maîtresse dont je viens de vous parler était liée avec la femme qu'il a épousée.

— Narina, Narina, reprit Louise, sois donc plus diligente, si tu ne te hâtes davantage le dessert ne sera pas prêt... Il est l'heure de déjeûner et mon oncle ne peut tarder d'arriver...

Il sera satisfait de la réception qui l'attend, repartit l'Anglaise, depuis le matin nous sommes en préparatifs pour le recevoir.

— N'est-ce point tout naturel ? Il est si bon et il nous aime tant.... Mais écoutez.... J'entends prononcer son nom.... Mes frères courent au salon, c'est lui, c'est le capitaine Charras.... Et Louise se précipita dans un appartement voisin où toute la famille était réunie causant avec deux marins. Car bien qu'ils ne fussent point en uniforme, on devinait à leur attitude, à leurs gestes, à leurs moindres inflexions de voix, la profession de ces étrangers. L'un était M. Charras, le commandant de la *Caroline*, le frère de madame Romieux ; l'autre était le second du navire et l'ami de la famille.

Les deux frères de Louise se tenaient debout auprès du fauteuil de leur oncle. Ces enfants pouvaient avoir onze ans à peu près ; ils étaient de même taille et de figures exactement semblables. On devinait facilement qu'ils devaient être jumeaux, mais cette parfaite ressemblance de physionomie ne se reproduisait point dans leurs caractères. En effet, Georges était doux, calme, sérieux, réfléchi, autant que Léonce était vif, hardi, pétulant et emporté.

La jeune fille se jeta dans les bras du marin, et lui exprima la joie que lui causait son arrivée.

Petite Louise, répliqua-t-il en l'embrassant tendrement, je suis charmé qu'il se trouve enfin quelqu'un pour me souhaiter la bienvenue de bon cœur et sans arrière-pensée, car sais-tu que ces méchants garçons me font très-mauvais accueil?

— Mon oncle, nous serions tous bien heureux de votre retour si vous deviez demeurer long-temps avec nous, au lieu de nous quitter la semaine prochaine, comme vous avez l'intention de le faire..... Mes frères surtout se montreraient gais comme à vos précédentes visites, s'ils ne savaient pas que vous les emmènerez bien loin par-delà la mer, dans un pays si éloigné du nôtre, qu'à peine nous osons penser au jour qui nous les ramènera.

— Voilà donc pourquoi ils ont des mines si tristes et si piteuses? Des grands garçons, c'est ridicule; car, qu'est-ce qui forme la jeunesse? Les voyages. Qu'est-ce qui fait la joie du retour?....

— Hélas, mon oncle, c'est la tristesse du départ, interrompit Georges.

— La tristesse du départ? Pas toujours; moi, d'abord, dès que j'ai mis le pied sur mon navire;..... mais laissons ce sujet de conversation puisqu'il vous désole et vous déplaît.... J'arrive, ce n'est point le moment de s'occuper du jour des larmes et de la séparation.... Nous avons une semaine entière par devers nous; à votre âge, c'est un laps de temps considérable; ainsi riez et soyez joyeux.... Je serais fâché de produire sur vous l'effet de la tête de Méduse et je ne veux plus que vous me considériez avec cet air effaré comme si je venais en droite ligne du pays d'Ogrerie.... Au surplus, je sais le moyen de vous apprivoiser et de vous faire entonner vos chants accoutumés, mes jolis oiseaux des tropiques.

— Mon oncle, pensez-vous donc que ce soit l'instant de chanter, lorsque toute la couvée va se disperser et le nid demeurer désert?

— Désert? Non pas, puisqu'il continuera à t'abriter, et qu'à toi seul, tu peux faire autant de bruit qu'une douzaine de bengalis.... Mais viens ici; ma chère, et apporte-moi ce coffret que j'ai déposé sur la table.... Je savais qu'il te ferait sourire et éveillerait ta curiosité.

— Cher oncle, que peut-il bien contenir?....

— Ne le devines-tu pas? c'est la boîte aux surprises.

Les enfants se regardèrent d'un air joyeux.

— Il faut bien que je paie ma bienvenue en vous faisant quelques cadeaux à tous trois, continua M. Charras, qui prit le mystérieux coffret des mains de la jeune fille.

Il l'ouvrit lentement, en sortit d'abord un joli collier orné d'une croix d'or émaillé, et le passa au cou de sa nièce.

Es-tu contente? demanda-t-il en souriant.

Elle l'embrassa à diverses reprises pour le remercier, courut auprès de sa mère, lui fit admirer sa nouvelle parure, puis se blottit derrière son siége, les yeux fixés sur le coffret, et attendit silencieusement les cadeaux qui allaient en sortir pour ses frères.

Le marin, toujours avec son sourire placide et calme, fit briller aux yeux éblouis des petits garçons deux montres exactement semblables, deux bijoux plutôt, qui furent accueillis par un double cri de surprise et d'admiration.

Cher oncle, s'écrièrent-ils, c'est pour nous cela?

— Mais oui.

— Comment, tout?... La montre, les breloques, la chaîne?

— La montre, la chaîne, les breloques.... Parmi ces dernières, je vous ferai remarquer une mignonne boussole, instrument très-utile, presque indispensable, à quiconque va commencer un voyage nautique.

— Et ce n'est point un joujou comme on en donne aux enfants? demanda Léonce. Il y a des ressorts, des rouages, un mécanisme enfin?

— Certes... Écoute plutôt, repartit le capitaine en approchant de l'oreille de son neveu la montre qui produisait un son très-faible, mais clair, mat, argentin, que toute l'assemblée s'efforça d'ouïr; Léonce, en particulier, le déclara ravissant à entendre.

— Cela te paraît ainsi, reprit M. Charras, eh bien, moi, je trouve beaucoup plus harmonieuse la sonnerie aigre et discordante de la cloche annonçant que le déjeûner est servi.... Je suis charmé que la vieille Dinah, votre cordon bleu, se décide enfin à la mettre en branle, et, sauf meilleur avis, j'opine pour que tout le monde m'accompagne à la salle à manger....

Les deux marins firent honneur au repas, qui était exquis; mais Léonce et Georges mangèrent peu.

Ils n'étaient occupés que de leurs jolies montres; ils s'étonnaient de voir les aiguilles obéir ponctuellement au ressort invisible, sans ralentir et sans hâter jamais leur marche.

Une voix importune leur rappelait bien de temps à autre que la semaine suivante ces mêmes aiguilles marqueraient pour eux des heures longues, tristes, désolées, des heures qui s'écouleraient uniformes, et composeraient des jours, des semaines, des mois, des années peut-être avant de les ramener au foyer paternel. Mais, avec l'insouciance de leur âge, ils s'efforçaient d'échapper à ces sombres pensées, ils se livraient, autant que possible, à la joie du moment présent, sans trop se préoccuper de l'avenir qui était encore dans le néant et entre les mains de Dieu.

Après le déjeûner, ils laissèrent Monsieur, Madame Romieux et Louise faire les honneurs du logis à leurs hôtes et ils se rendirent sous les grands arbres du jardin plutôt pour causer librement que pour jouer comme à l'ordinaire.

Ne te semble-t-il pas, Léonce, fit observer Georges, que cette chère vallée devient plus belle, plus riante, plus fleurie, à mesure qu'approche l'instant où nous devons la quitter?

— Effectivement, et j'allais t'adresser la même question.... Jamais l'ombre des tamarins n'a été aussi fraîche, la couleur du ciel aussi azurée, celle de la mer....

— Oh! la mer.... ne m'en parle point....

— Vas-tu la rendre responsable de notre départ?.... Ce serait ridicule.... Le malheureux à qui l'on a coupé un membre est-il seulement tenté de s'en prendre à l'instrument du chirurgien?

— Du moins il est excusable de détourner la vue lorsqu'il aperçoit le dit instrument.... Pour la même raison, je te prie de m'accompagner sous les jambosiers, attendu que d'ici je distingue parfaitement les vagues qui moutonnent à la brise et scintillent au soleil.

— Si tu ne peux supporter leur vue à présent, que feras-tu quand elles se dresseront devant nous terribles et menaçantes, qu'elles formeront notre seul horizon et que l'île natale ne nous apparaîtra même plus dans le lointain?

— Alors je pleurerai, je crois, mais pas plus que toi en ce moment.... car voilà que tu commences à sangloter comme un tout petit garçon.

— Cela te sied bien d'affecter un calme stoïque.... N'ai-je pas vu, il y a un instant, des larmes dans tes yeux?

— Au moins je m'efforce de les cacher?

— Pourquoi? Quel avantage y trouves-tu?

— Moi? Aucun; mais maman ne comprend point l'étendue de mon chagrin qui augmenterait encore celui qu'elle éprouve.... Je n'ai point d'autres motifs pour pleurer en secret.

— Puisque maman est si profondément triste de ce prochain départ, comment se fait-il qu'elle ne décide pas notre père à nous garder auprès de lui?

— Ne nous a-t-elle point répété cent fois que ce départ est nécessaire? Ne sais-tu pas, qu'en vertu d'une loi décrétée par le parlement en 1847 l'usage officiel de la langue française, jusqu'alors toléré dans la colonie, a été aboli, que la langue anglaise étant à présent la seule admise, il est très-important pour nous de la connaître parfaitement?

— Quel besoin d'aller si loin pour cela ? Il ne manque pas de professeurs à Port-Louis.

— Ils ne sauraient être comparés à ceux d'Angleterre... tu ne peux nier que là nous recevrons une éducation solide, brillante, distinguée, en rapport avec la position de notre père et celle que nous devons occuper un jour.

— Sais-tu, Georges? Je suis fâché que papa nous confie à sir Edouard Bulwich.... Je préférerais... oui, je préférerais entrer dans un collége.

— Tu ne parles pas sérieusement... Songe donc que mon père nous envoie chez son meilleur ami, qui a promis de nous aimer comme si nous étions ses fils, qui s'est montré parfaitement bon pour nous pendant son séjour à Port-Louis.... oublies-tu...?

— Je n'oublie point que mardi prochain nous serons à bord de la *Caroline*, et seuls au monde.....

— Non pas seuls, puisque le capitaine du navire est notre oncle, qu'il nous témoigne une grande affection, qu'il nous accompagnera jusqu'à Plymouth, et ne nous quittera qu'après nous avoir conduits chez sir Edouard Bukwich.....

Louise s'approcha en ce moment des deux frères qui se hâtèrent de changer le cours de leur conversation, afin de ne point attrister la charmante petite fille.

Pendant les jours qui suivirent, le capitaine Charras se prêta avec une complaisance et une bonhomie parfaites à toutes les fantaisies, à tous les caprices de ses neveux. Il se plut à redevenir enfant pour partager leurs jeux et leurs excursions au bord des torrents, sur les mornes, dans les plaines, dans les grands bois majestueux et sombres. Car Léonce et Georges voulurent tout visiter une dernière fois, adresser un suprême adieu aux témoins muets des jeux de leur première enfance. A voir la solennité et la tristesse de cet adieu, on eût dit qu'ils ne pensaient point revenir jamais dans leur pays natal.

Enfin arriva le jour si redouté. Dès le matin, toute la famille se rendit à Port-Louis. La séparation fut triste et touchante; les petits voyageurs, malgré leur extrême douleur, paraissaient être encore les moins affligés; mais peut-être ils retenaient leurs larmes afin de rendre un peu de courage à leur mère qui les tenait tous deux embrassés. Eux-mêmes coupèrent court à cette scène attendrissante, en s'arrachant des bras de madame Romieux, et en se dirigeant seuls vers le canot que leur oncle leur avait envoyé, sous la conduite de quatre matelots.

Avant de descendre dans l'embarcation, ils se retournèrent et aperçurent leurs parents debout et immobiles à la place où ils les avaient laissés. En vain ils voulurent leur adresser une dernière parole d'adieu ; tout bruit était absorbé par celui des vagues venant se heurter sur les rocs. Madame Romieux et Louise avaient à la main leurs mouchoirs que la brise soulevait. Léonce répondit à ce signal en agitant son chapeau, et suivi de son frère, il se dirigea résolument vers le canot qui, quelques minutes plus tard, aborda la *Caroline* sur le pont de laquelle se tenait M. Charras.

Le capitaine embrassa tendrement ses neveux, leur adressa d'affectueuses et consolantes paroles et les conduisit lui-même dans la cabine qu'il leur avait fait préparer.

La traversée fut longue, mais heureuse, Les petits voyageurs qui, pendant plusieurs nuits, avaient rêvé de tempêtes, de naufrages, de flots houleux et menaçants, s'étonnaient de voir la mer si parfaitement limpide et paisible, le ciel si bleu, l'atmosphère si pure. Ils s'accoutumaient sans trop de difficulté à cette étrange existence du marin, et ils se voyaient obligés d'avouer que leur oncle n'était nullement à plaindre.

Ils auraient voulu que le voyage se prolongeât longtemps encore, car ils n'étaient point pressés d'arriver à Plymouth. Ils savaient, à n'en pouvoir douter, que l'ami de leur père les recevrait avec beaucoup d'empressement, d'affection et de cordialité, mais ils ne comptaient pas autant sur le bon accueil de lady Bukwich. Ils se demandaient avec un peu d'inquiétude si elle serait bien satisfaite de garder des étrangers dans sa maison, et si leur présence ne l'embarrasserait point parfois.

Mais avant d'introduire les deux frères chez sir Edouard Bukwich, il convient de dire comment et où M. Romieux l'avait connu.

Sir Edouard appartenait à une honorable famille du comté de Westmoreland. Il avait embrassé l'état militaire, et s'était fait d'abord remarquer par d'assez brillantes qualités. Il venait d'être nommé capitaine, lorsque son régiment fut désigné pour se rendre à l'île Maurice.

Le jeune officier, avant de partir, se décida à vendre ses propriétés, et à convertir en argent tout ce qu'il possédait. Cela lui procura une somme assez considérable, et après l'avoir placée dans une des premières et des plus sûres maisons de banque de Londres, il quitta, sans trop de regrets, son pays natal où rien ne le retenait plus, car il était orphelin et n'avait pas de proches parents.

Il s'habitua facilement à sa nouvelle existence, et trouva tout d'abord le séjour de Port-Louis beaucoup plus agréable qu'il ne l'avait supposé.

Comme la plupart des gens heureux, il avait un caractère gai, insouciant et communicatif. Ses appointements et les sommes que lui faisait passer la maison Arlington lui permettaient d'étaler une sorte de luxe, et de vivre, sinon splendidement, du moins avec élégance et comfort.

Il ne tarda point à se lier avec un certain nombre d'habitants de Port-Louis. Son nom, sa fortune, la distinction de ses manières, le firent recevoir avec bienveillance et empressement partout où il se présenta. La famille Romieux ne fut point la dernière à lui faire bon accueil, et avec elle surtout il établit des rapports tout-à-fait intimes. M. Romieux et lui se lièrent d'une véritable affection que chaque jour cimenta et rendit plus vive et plus étroite. Sir Edouard possédait d'heureuses qualités, plus brillantes que solides peut-être, mais dont fut frappé tout d'abord le père de Léonce et de Georges. Le jeune anglais devint peu à peu le commensal de la maison et l'ami des enfants, très-jeunes encore à cette époque. Il se montra touché des prévenances dont il était l'objet, et un service éminent qu'il eut le bonheur de rendre à M. Romieux acheva de lui gagner l'affection de toute la famille.

Les deux amis étaient allés faire une excursion dans les montagnes, à une certaine distance de Port-Louis.

Ils revenaient à cheval à la ville, lorsqu'ils se trouvèrent inopinément en face d'un obstacle qui leur barrait le chemin, et dont ils n'avaient pas prévu l'existence. C'était une ravine qu'ils avaient traversée à sec trois jours auparavant et qui, depuis la veille, servait de lit à un torrent large et impétueux. Il fallait ou retourner sur ses pas, ou risquer le passage : ils se décidèrent pour ce dernier parti. Arrivé au milieu du trajet, le cheval de M. Romieux qui marchait devant, fut renversé par une avalanche de rochers énormes que les eaux, en se précipitant de chute en chute, du sommet de la montagne, roulaient avec un bruit effroyable. C'en était fait de M. Romieux que les eaux, profondes en cet endroit, entraînaient avec une rapidité effrayante vers l'une de ces chutes qu'on entendait mugir à quelques pas, si, sir Edouard, sans calculer le danger auquel il s'exposait, ne se fut élancé à son secours. Il eut le bonheur de le saisir au moment où il touchait au bord du gouffre et de gagner, sain et sauf, la rive opposée.

Cet acte de dévouement et de courage resserra les liens qui unissaient déjà les deux amis. A partir de ce moment, ils vécurent comme deux frères.

Cette fraternité durait depuis quatre ans, sans que le plus léger nuage l'eût jamais troublée, lorsque le régiment reçut l'ordre de partir pour Madras. M. Romieux fit promettre à sir Edouard de s'arrêter à Maurice quand il retournerait en Angleterre et ils se dirent adieu.

Au bout de dix-huit mois de séjour à Madras, sir Edouard Bukwich se maria. La femme qu'il épousa appartenait à une noble famille ruinée d'Angleterre. Elle était donc sans fortune, mais elle avait dans le comté de Norfolk une vieille tante dont elle devait hériter un jour.

Peu de temps après ce mariage, le bruit se répandit à Madras que la Maison Arlington et Cie avait fait faillite. A cette nouvelle, sir Edouard demanda et obtint de retourner en Angleterre où sa femme devait le suivre de près. Il revit son ami Romieux à Maurice, où il passa deux jours. Il lui fit part du désastre qui venait de le frapper et de ses inquiétudes sur son avenir, car cette faillite lui emportait tout ce qu'il possédait. M. Romieux lui ouvrit sa bourse ; mais la délicatesse fit un devoir à sir Edouard de refuser.

M. Romieux venait précisément d'arrêter le plan d'éducation qu'il voulait donner à ses fils et qu'il comptait mettre à exécution l'année suivante. Il pensa qu'il pouvait venir en aide à son ami, sans blesser sa susceptibilité et sans que celui-ci pût s'y soustraire. Il lui fit part de son projet :

Mon intention, lui dit-il, était d'adresser mes fils à mon correspondant de Londres, et voilà quelle somme j'avais destinée pour l'éducation de mes enfants : trois cents livres pour leur entretien ; deux cents livres pour un professeur choisi parmi les plus capables et qui viendrait leur donner ses soins à domicile, car je ne veux ni collége, ni université, et trois cents livres pour ce correspondant à titre de gratification, pour la surveillance que cette mission allait lui imposer. Acceptez, mon cher sir Edouard, cette mission, avec les conditions que j'y ai mises, et vous acquérerez un nouveau titre à ma reconnaissance, car quelle sécurité pour moi de savoir mes fils entre les mains de l'homme que j'aime et que j'estime le plus au monde. Vous allez résider à Plymouth ; peu m'importe : je ne tenais pas à Londres. Vous acceptez, n'est-ce pas?

Sir Edouard voulut encore se défendre ; mais, cédant enfin aux pressantes sollicitations de son ami, il lui donna l'assurance qu'il pouvait compter sur lui. L'heure du départ étant arrivée, ils se séparèrent en se jurant une amitié qui devait, ils le croyaient du moins, et tous deux étaient sincères, traverser, pure et vivace, les orages de la vie.

Georges et Léonce ne connaissaient point ces détails ; ils savaient vaguement que leur ami avait perdu une somme d'argent considérable; mais, à leur âge, on attache peu de prix à la fortune, et ils ne pensaient point que cette perte affectât sérieusement sir Edouard.

Ils se le figuraient toujours jeune, gai, brillant, heureux, avide de plaisirs et de distractions, tel enfin qu'ils l'avaient connu à Port-Louis.

Cependant la *Caroline* approchait du but de son voyage; déjà elle avait fait diverses relâches, car rarement elle passait en vue de la terre ferme, sans s'arrêter au moins pour prendre de l'eau.

Les deux frères devenaient plus tristes et plus pensifs à mesure qu'ils s'éloignaient des contrées torrides, et que le soleil moins ardent leur rappelait qu'ils naviguaient vers l'Europe.

Leurs pensées les reportaient sans cesse vers leur île dont chaque heure les éloignait, et leurs conversations roulaient presque uniquement sur ce sujet qu'ils semblaient ne pouvoir épuiser. Lorsque, assis le soir sur le pont du navire, bercés par le tangage, ils écoutaient en silence le chuchotement de la vague, et considéraient le ciel étoilé qui se réfléchissait sur les brisans, mille souvenirs à la fois tristes et doux se pressaient dans leur imagination, où se reproduisait constamment l'image regrettée de la maison paternelle.

Enfin la *Caroline* jeta l'ancre à Plymouth, et le premier soin du capitaine Charras fut de conduire ses neveux chez Sir Edouard Bukwich. Celui-ci, qui était prévenu, les reçut avec toute la bienveillance et les égards possibles. Sa femme aussi se montra bonne pour les petits étrangers, autant qu'on pouvait l'attendre de son caractère froid, altier et hautain.

Léonce et Georges remarquèrent avec une pénible surprise qu'un triste et profond changement s'était opéré sur la figure et dans les manières de leur hôte.

Sir Edouard devina peut-être le sujet de leurs réflexions intérieures, car il dit d'un air contraint, mais en s'efforçant de sourire :

— Vos neveux, M. Charras, ont peine à me reconnaître, et c'est tout simple : Le malheur ne s'appesantit point sur une maison, sans laisser sur les infortunés qui l'habitent l'empreinte de sa main hideuse...

Le capitaine répliqua qu'il avait en effet entendu parler de pertes d'argent éprouvées par sir Edouard; cependant il espérait qu'elles n'étaient point considérables.

— Considérables ? mais c'est la totalité de ma fortune que m'a enlevée cette faillite... En ce moment, je suis absolument sans ressources, et ne possède au monde que mes appointements de capitaine...

Lady Bukwich rougit beaucoup en entendant son mari faire cet aveu; elle se hâta de dire qu'il exagérait, que leur position n'était point aussi affreuse qu'il voulait bien la représenter.

— C'est ce qu'il me semblait, repartit M. Charras, en considérant l'appartement meublé avec une sorte de luxe.

Sir Edouard sourit avec amertume, et soulevant la housse éclatante d'un fauteuil, il montra l'étoffe de soie usée, rongée et rapiécetée.

— Le reste est à l'avenant, dit-il, chaque chose ici a son utilité et sa raison d'être... Tout sert à dissimuler la misère et à la faire paraître moins douloureuse.

Les enfants n'osaient ouvrir la bouche. Ils avaient froid en entendant ces paroles prononcées sur un ton impossible à décrire. Ils considéraient en silence cette chambre sombre et sans soleil, et évitaient avec soin de lever les yeux sur lady Bukwich dont l'air imposant et sévère les glaçait d'effroi.

M. Charras, parfaitement à l'aise et ne se doutant point de ce qui se passait dans l'esprit de ses neveux, continua à s'entretenir pendant quelques instants avec le maître du logis; puis il prit congé, et retourna à bord de son navire, promettant aux petits garçons de revenir le lendemain, tous les jours, jusqu'à l'époque de son départ qui devait avoir lieu la semaine suivante.

Les deux frères pleurèrent beaucoup lorsque leur bon oncle quitta Plymouth, et les laissa seuls dans cette maison où ils se trouvaient gênés, tristes, malheureux; dans cette maison où personne ne songeait à les consoler, car chacun avait assez de sa propre affliction, et ne s'occupait point de celle des autres.

Sir Edouard en revenant en Angleterre espérait encore recouvrer une partie de ses capitaux, mais le désastre du banquier était presque complet, et l'infortuné capitaine, frustré de la totalité de sa fortune, s'était trouvé sans autres ressources que ses appointements. A la rigueur il aurait pu, sinon se consoler de sa pauvreté, du moins la supporter noblement; mais sa femme, par son désespoir violent et exagéré, et par ses continuelles tracasseries, acheva de rendre sa position intolérable.

Lady Bukwich malgré sa désolation n'avait point quitté ses habitudes de luxe et d'élégance, et n'avait tenu aucun compte des observations de son mari, touchant les sages et indispensables réformes à opérer dans sa maison. Elle ne connaissait point l'économie, et n'aurait su la mettre en pratique. Le désordre par suite s'était glissé peu à peu dans le logis; et l'instant n'était pas éloigné où il devait faire place à la misère la plus affreuse, lorsque l'arrivée des jeunes créoles ramena un peu d'aisance et de bien-être.

La pension très-considérable que leur faisait M. Romieux, avait seule décidé lady Buckvich à les recevoir chez elle, et à se charger de leur entretien.

Elle n'aimait point les enfants, et n'avait jamais pu en souffrir dans sa maison. Ses habitudes anglaises et méthodiques, ne concordaient guère, en effet, avec la pétulance et la vivacité du jeune âge. Aussi elle se trouvait très-malheureuse d'être obligée de servir de mère adoptive aux bruyants petits étrangers.

Sir Edouard aimait véritablement M. Romieux; en toute autre circonstance, il se fut estimé heureux de pouvoir être utile à ses fils; mais dans sa situation actuelle, il n'avait guère le temps de s'occuper d'eux.

La liquidation considérable de la maison de banque qui n'était point tout-à-fait terminée, et qui lui laissait encore comme à tous les malheureux compromis dans cette faillite, quelques lueurs d'espoir, le retenait constamment hors de chez lui.

Il ne rentrait qu'aux heures des repas, et toujours en proie à de cruelles préoccupations, il n'adressait la parole à personne. Milady n'avait point un caractère plus communicatif, d'ailleurs elle n'imaginait pas qu'il fût possible de s'entretenir avec des enfants.

Léonce et Georges, habitués aux tendres et chaleureuses expansions, aux douces causeries autour de la table de famille, redoutaient par-dessus tout ces repas sombres et silencieux, présidés par la plus morne, la plus rigide, la plus désagréable maîtresse de maison qu'ils eussent connue jamais.

Ils mangeaient à peine, très-vite, et se hâtaient de sortir, car on leur avait permis de se retirer avant la fin du dîner, lorsqu'ils le désireraient, et ils le désiraient toujours.

Lady Buckvich, depuis quelques temps déjà, avait renvoyé une partie de ses domestiques, ce qui la désolait, car elle n'était pas au courant des détails du ménage, et n'aurait pu s'occuper utilement. Ses gens qu'elle rudoyait sans cesse et surchargeait d'ouvrage, la quittaient sous le moindre prétexte, et elle trouvait difficilement à les remplacer.

Tant il y en eut à solliciter leur congé, qu'elle finit par accuser Georges et Léonce d'être la cause de cette complète désertion, et par s'en plaindre à son mari.

Celui-ci, qui trouvait aussi les créoles bien bruyants et ne les souffrait qu'avec peine dans son intérieur, convint avec elle que si la plus impérieuse nécessité ne les eut obligés à les garder chez eux, ils eussent tôt fait de renvoyer ces petits tapageurs à Port-Louis.

Les deux enfants habitaient Plymouth depuis près d'un mois, et il n'avait point encore été question de leur procurer des professeurs. Ils en étaient assez étonnés, et se disaient à part eux que, si cela continuait ainsi, leur éducation ne se perfectionnerait pas beaucoup en Angleterre.

Mais ils ne communiquaient leurs réflexions à personne; sir Edouard était absent, et ils parlaient rarement à la dame du logis qui avait fini par les prendre véritablement en aversion.

Du reste, à onze ans, l'écolier le plus studieux ne se plaint point de la longueur de ses vacances et de la multiplicité de ses jours de congé.

Un matin, les enfants, plus gais qu'à l'ordinaire, jouaient au salon et faisaient grand tapage. Ils bouleversaient les meubles, renversaient les siéges en poussant de joyeux et sonores éclats de rire.

Lady Bukwich, qui se trouvait dans l'appartement voisin, et détestait le bruit, on le sait, entra dans une violente colère, fit venir sa femme de chambre, et l'accusa d'être la cause de ce désordre.

« Vous êtes chargée de veiller sur ces méchants garçons, lui dit-elle, et vous ne vous occupez d'eux en aucune sorte ; pourquoi ne sont-ils pas à l'école? »

— Quelle école, s'il plaît à milady?

— Mais, celle où ils vont ordinairement..... ils ne demeurent point ici toute la journée.

— Je crois qu'en effet ils sont dehors pendant une bonne partie du jour, seulement où ils vont, je l'ignore, mais à coup sûr, si c'est à l'école, ce doit être à l'école buissonnière.

— Voyez, les petits paresseux... ces créoles sont vraiment d'une indolence... Enfin, je veux mettre un terme à ce vagabondage... Mabel, conduisez-les vous-même chez l'instituteur, et engagez-le de ma part à les punir sévèrement chaque fois qu'ils manqueront d'exactitude.

— Quel instituteur? s'il plaît à milady? demanda encore Mabel qui ne se distinguait point par l'étendue de son intelligence.

— Est-ce que je sais...? s'écria lady Buckvich avec impatience. Pensez-vous que je vais moi-même leur choisir un pédagogue...? Sir Edouard a dû se charger de ce soin, bien certainement.

— Je ne crois pas, milady ; John, le valet de chambre, parlait de professeurs qui viendraient donner des leçons...

— Chez moi ? quelle absurdité... John n'a pu dire des choses semblables... Prenez les enfants et conduisez-les dans un pensionnat quelconque... Ils sont tous les mêmes, je pense... Arrangez-vous avec l'instituteur, et faites en sorte que sa rétribution ne soit point exagérée...

Miss Mabel ne répliqua pas ; elle réfléchit longtemps, se demandant avec anxiété dans quel collége elle pourrait bien conduire ses jeunes maîtres. Enfin elle se rappela que John avait placé un de ses neveux dans une école qu'elle connaissait parfaitement, étant allée plusieurs fois porter des pâtisseries à l'intéressant parent du valet de chambre. Elle se dit que cet instituteur ne demanderait point une rétribution exagérée, et qu'il correspondrait parfaitement aux vues de mylady.

Elle pria les deux frères de la suivre, ceux-ci furent un peu étonnés en apprenant qu'ils iraient prendre des leçons dans un pensionnat au lieu d'en recevoir à domicile. Cependant ils obéirent avec leur docilité habituelle, et sans faire aucune réflexion.

L'instituteur du neveu de John était un homme excessivement dur et sévère, peu instruit du reste, et assez vulgaire dans ses manières. Ses élèves, qui appartenaient sans exception à la classe ouvrière, le quittaient ordinairement au bout de quelques mois, ne pouvant supporter les mauvais traitements qu'il leur infligeait pour la moindre faute.

Les deux frères furent aussi surpris du ton de leur professeur que du langage commun et trivial de leurs nouveaux condisciples. Ils crurent à une erreur de la part de Mabel, et le soir même ils avertirent lady Bukvich, s'écriant avec une sorte d'indignation que leur place n'était point dans cette école.

Milady, qui ne possédait pas une grande instruction, et avait été rudement élevée par sa tante, reçut fort mal les plaintes des enfants. Elle déclara que ces façons dédaigneuses pouvaient n'être point déplacées aux colonies, où l'on traitait les inférieurs comme des esclaves, mais qu'elles étaient souverainement ridicules en Angleterre.

— J'ai fait prier moi-même votre instituteur d'être un peu sévère, ajouta-t-elle ; vous avez été gâtés par votre mère, et, il est urgent de vous donner enfin une bonne et solide éducation.., Je vous conseille de vous habituer à ce pensionnat, parce que vous y demeurerez désormais toute la journée, vous y prendrez vos repas et ne reviendrez que le soir.., Mabel, dès demain, s'entendra avec le professeur à ce sujet.

Lady Bukvich causait une telle frayeur aux enfants qu'ils n'osèrent répliquer un seul mot. Ils écrivirent immédiatement à leur père, et lui dépeignirent avec beaucoup d'énergie et d'amertume la conduite que l'on tenait envers eux. Mais ni cette lettre, ni celles qu'ils écrivirent par la suite ne parvinrent à M. Romieux. Lady Bukvich qui les lisait toutes eut soin de n'en envoyer aucune. Elle ne souffrait qu'avec impatience la présence des jeunes créoles, et cependant elle était obligée de s'avouer que leur départ serait pour elle un véritable malheur.

La pension considérable qui arrivait exactement préservait seule cette malheureuse femme d'une affreuse misère.

Lorsque sir Edouard fut de retour, elle lui dit qu'elle avait placé les deux frères dans un excellent pensionnat, où on leur donnait la meilleure éducation.

Il ne fut qu'à demi-satisfait de cette communication.

— Comment, s'écria-t-il, envoyer ces enfants à l'école, tandis que j'ai promis à leur père de faire venir des professeurs chez moi! C'est manquer totalement à mes engagements.

— Devons-nous tenir ces engagements s'ils détruisent notre repos et bouleversent notre existence? Vous savez si ces enfants sont bruyants et tapageurs...? Nous ne pourrions les garder tout le jour sans être obligés de leur céder la place... D'ailleurs à l'école, ils travailleront bien plus assidûment... L'émulation est une chose très-utile, et la vie en commun a d'incontestables avantages... Si M. Romieux était à Plymouth, il partagerait certainement mon opinion... Enfin, lorsque notre position est si précaire, que nous économisons sur tout et en toute circonstance, devons-nous gaspiller des sommes exorbitantes pour payer des professeurs....?

— Ce n'est pas nous qui.....

— Laissez-moi achever... Que désire M. Romieux? Simplement que ses fils reçoivent une bonne éducation... Si son but est atteint, il ne s'occupera point des détails et de la manière dont nous aurons employé son argent... Je trouve moyen d'en conserver pour nous la meilleure partie sans que les enfants en souffrent, au contraire.... N'ai-je pas raison, et cet arragement ne satisfait-il point tout le monde...? »

Le malheur avait singulièrement modifié le caractère de sir Edouard, car il se tut, et par son silence sembla autoriser l'odieuse conduite de sa femme.

« Mais, dit-il, un instant après, vous les négligez trop, ces enfants, leurs vêtements sont toujours dans un désordre...

— Le sont-ils?

— Ils le sont.

— Alors c'est leur faute et non la mienne... Mabel ne s'occupe que d'eux, et je suis obligée de me passer de ses services la plupart du temps... Croyez-moi, nous gagnons bien l'argent de M. Romieux, qui pense cependant ne nous faire qu'une splendide aumône. »

Sept ou huit mois se passèrent. Les enfants écrivaient fréquemment à leurs parents, et lady Bukwich continuait à intercepter ces lettres, mais à l'insu de son mari qui ne l'eut point approuvée.

Elle remettait cependant fidèlement aux deux frères les missives qui arrivaient pour eux de Port-Louis. Lorsqu'ils supposèrent qu'elles devaient enfin contenir une réponse, ils les ouvrirent joyeux, haletants d'espérance, et demeurèrent singulièrement désappointés en apprenant que M. Romieux n'avait pas reçu leurs lettres.

Lady Bukwich rejeta la faute sur les hasards de la navigation, les naufrages fréquents, la négligence avec laquelle se faisait le service des postes dans les colonies. Sir Edouard l'appuya, afin de rassurer les enfants, qui reprirent courage en espérant être plus heureux à l'arrivée du prochain paquebot. Il apporta une nouvelle lettre de M. Romieux, qui continuait à se plaindre du silence prolongé et inexplicable de ses fils.

Ceux-ci furent d'autant plus affligés qu'ils ne pouvaient plus supporter leur existence actuelle.

Ils souffraient au-delà de toute expression dans cette école où ils se voyaient sans cesse en contact avec des enfants grossiers, mal élevés, si différents d'eux par le ton, les manières, la naissance, l'éducation. Pendant les récréations, ils avaient contracté l'habitude de se tenir à l'écart afin d'être au moins seuls quelquefois.

Alors, assis tristement dans un coin de la cour étroite, sans ombre et sans soleil, ils s'entretenaient de l'île natale, dans le doux idiome créole, langue sonore, brillante et poétique comme le beau pays qui leur apparaissait chaque nuit en des songes radieux.

Ces longues conversations irritaient la curiosité des petits anglais qui ne pouvaient les comprendre. Ils détestaient cordialement ces étrangers, et d'autant plus qu'ils prenaient leur réserve, leur froideur, leur chagrin, pour de la hauteur et du dédain. Ils ne perdaient aucune occasion de les bafouer et de les tourner en ridicule; parfois même ils les injuriaient grossièrement.

Jusqu'alors les deux frères n'avaient répondu à ces attaques que par un silence froid et digne ; mais il était facile de deviner qu'ils finiraient par perdre patience, et par prendre leur revanche ; car si Georges se contenait sans trop de peine, et accueillait ces insultes avec le mépris qu'elles méritaient, il n'en était pas de même de l'impétueux Léonce. Plusieurs fois déjà, il avait failli se laisser entraîner par son humeur irascible, et lui-même avouait qu'il était décidé à profiter, pour se venger, de la première circonstance,

Elle ne tarda pas à se présenter.

En quittant ses neveux, M. Charras leur avait promis de revenir l'année suivante, et l'époque était arrivée où son navire devait jeter l'ancre à Plymouth. Les deux frères avaient pris l'habitude de se rendre chaque jour sur le port en sortant de l'école, afin de savoir si la *Caroline* n'avait point été signalée.

Un soir, comme ils se tenaient par la main, et considéraient silencieusement les navires en rade, quatre ou cinq de leurs camarades de classe, qui couraient sur le galet et se roulaient dans la vase, les aperçurent et les engagèrent à venir partager leurs jeux. Ils ne voulurent point ; d'ailleurs ils eussent craint d'exposer leurs chaussures dans l'eau bourbeuse, car lady Bukvich les punissait sévèrement lorsqu'ils rentraient au logis avec leurs vêtements en mauvais état.

Les petits garçons, blessés de ce refus, exprimé très-poliment pourtant, leur envoyèrent une foule d'injures dont ils ne s'inquiétèrent pas, et quelques pierres qui les émurent davantage. L'une d'elles atteignit Léonce au bras; il s'arrêta sérieusement fâché, déposa ses livres à terre, se retourna du côté de ses agresseurs qu'il regarda fièrement et bien en face. Son attitude résolue les maintint à distance. Alors Georges, toujours bon et conciliant, s'efforça de le calmer et l'entraîna au logis.

Les bambins, reprenant courage à mesure que leurs adversaires paraissaient faiblir, les accompagnèrent de leurs huées et de leurs cris jusqu'auprès de la maison de sir Édouard. Là, les injures devinrent si grossières et si multipliées, les pierres recommencèrent à siffler dans l'air avec si grand fracas, que Léonce exaspéré, furieux, hors de lui, se précipita sur la troupe hargneuse, et que le doux et calme Georges le suivit non moins irrité. Tous deux se mirent à frapper des pieds, des poings, des mains sur les affreux drôles qui se mirent à crier, à trépigner, à demander grâce comme si on les eut égorgés. Les passants, qui n'avaient pas vu le commencement de la querelle, s'ameutèrent et accusèrent les deux frères d'être les agresseurs.

Lady Bukwich parut à sa fenêtre, attirée par le bruit. On peut se figurer quelle fut sa colère en reconnaissant Georges et Léonce. Elle appela John, lui ordonna de les ramener et de les enfermer dans leur chambre. John se jeta dans la mêlée, distribua de ci, de là quelques coups vertement appliqués, et parvint à disperser les assaillants.

Les deux frères, un peu confus et la tête basse, rentrèrent au logis, conduits par le valet de chambre qui les mena à leur appartement où il les enferma à double tour, comme il en avait reçu l'ordre.

Léonce crut qu'il agissait ainsi de son propre mouvement.

« De quel droit nous faites-vous prisonniers ? s'écria-t-il en se précipitant vers la serrure qu'il chercha à dévisser. N'y pouvant parvenir, il se mit à heurter contre la porte avec un fracas épouvantable, malgré les représentations de son frère qui l'engageait à prendre patience et à se résigner.

Sir Edouard rentrait précisément en ce moment; stupéfait d'entendre ce bruit insolite, il courut chez sa femme pour en connaître la cause.

— Ce sont vos amis... lui dit-elle, ils deviennent fous, fous-furieux,.. Il n'y a qu'un instant, ils ont ameuté tout le quartier.

Et elle raconta, en l'exagérant beaucoup, la scène qui venait de se passer.

Le capitaine se rendit immédiatement dans la chambre des deux frères, sa femme le suivit.

Ils entrèrent au moment où Léonce, cédant enfin aux supplications de Georges, était allé s'asseoir auprès de lui.

« Monsieur, s'écria l'enfant avec indignation, est-ce ainsi que vous comprenez l'hospitalité ? Pensez-vous que mon père serait bien satisfait s'il apprenait la manière dont vous nous traitez ?

— Osez-vous le prendre sur ce ton après ce qui vient de se passer ? demanda le capitaine vivement irrité.

— Mais nous ne sommes point coupables, et vous le comprendriez facilement, si cette méchante femme ne nous avait pas calomniés auprès de vous.

Lady Buckvich poussa une exclamation de dépit, et sir Edouard perdit le reste de son sang-froid.

— Taisez-vous, dit-il, en crispant son poing de colère, et si pareille chose vous arrive encore, prenez garde... Votre conduite est des plus blâmables... rien ne saurait l'excuser.... Pour vous punir, vous demeurerez enfermés dans cette chambre pendant trois jours au pain et à l'eau... et si vous essayez encore de vous révolter, vous ne sortirez point avant la fin de la semaine. »

Puis, sans vouloir écouter les explications des pauvres enfants, il referma la porte et les laissa seuls,

Ils se regardèrent un instant en silence.

— Crois-tu que je me résignerai à habiter cette maison durant des années encore ? dit enfin Léonce.

— Non certes, car moi-même je n'en aurais pas le courage... mais oublies-tu que notre oncle arrivera très-prochainement...? cette semaine peut-être. Nous lui divulguerons dans toute sa bassesse la conduite de lady Bukvich et celle de son mari... Certainement il sera indigné et proposera le premier de nous reconduire à Port-Louis.

— Pourvu qu'il vienne bientôt.

— Il ne saurait tarder, ainsi supportons patiemment notre captivité, et même notre séjour à Plymouth qui ne se prolongera pas beaucoup désormais.

— Quel bonheur que nous ayons cette espérance.

— Ce n'est point une espérance, mais une certitude... En attendant, sois courageux, et n'essaie plus d'une résistance aussi ridicule qu'inutile. »

Depuis huit jours ils avaient repris leurs promenades sur le port, lorsqu'un soir ils aperçurent un navire qui entrait en rade sous pavillon français. Léonce, assis sur le parapet du quai, le remarqua le premier.

« C'est lui, c'est notre oncle, s'écria-t-il tout-à-coup. Je le reconnais... et toi, mon frère ?

— Il me semble, en effet, que c'est bien la *Caroline*.

— J'en suis sûr, ainsi rentrons afin de ne point être grondés... Nous ne pourrions voir notre oncle ce soir, et demain à notre réveil, il est probable qu'il sera déjà chez sir Edouard.

Le lendemain, lorsque les enfants descendirent au salon, ils trouvèrent lady Bukwich causant avec un matelot de la *Caroline* qu'ils reconnurent tout d'abord.

« Votre oncle est souffrant, fit-elle en leur passant une lettre ; il s'est blessé au pied et ne saurait descendre à terre..... Son navire vient de jeter l'ancre dans le port, et il vous engage à vous rendre auprès de lui ; aussitôt que le déjeûner sera terminé, je vous conduirai moi-même à bord de la *Caroline*.

« Je vous conduirai, » avait-elle dit. En effet, elle les accompagna ce jour-là et les suivants. Elle ne leur permit jamais d'aller seuls, et eut soin de ne pas les laisser en tête à tête avec le marin, tant elle redoutait les confidences qu'ils eussent pu lui faire.

En sa présence, elle les accabla de témoignages d'affection qui réjouirent le bon oncle, trop franc pour croire à l'hypocrisie, et qui révoltèrent l'âme droite et noble des deux frères.

Vainement ils essayèrent d'entamer avec M. Charras quelque conversation à demi-voix, milady toujours vint se mettre en tiers et couper court à leurs propos. Et ils craignaient tellement cette femme astucieuse qu'ils n'eurent point le courage de dévoiler, en sa présence, la fausseté et la bassesse de sa conduite.

Afin qu'ils ne pussent lui échapper, elle poussa la précaution jusqu'à les faire accompagner à l'école par le terrible John, qui eut ordre de ne point les quitter dans les rues, et d'aller les quérir chaque soir pour les ramener au logis.

Cela dura huit jours pendant lesquels Georges et Léonce versèrent des larmes de dépit et de désolation, sans pouvoir imaginer un moyen de dépister la vigilance de leur tyran.

Le huitième jour, ils allèrent embrasser leur oncle une dernière fois, car la *Caroline* devait lever l'ancre le soir même.

Ils ne purent retenir leurs larmes, ce qui attendrit beaucoup le brave marin et milady, elle-même, car elle déclara d'une voix très-douce que leur douleur était toute naturelle, et que, bien qu'elle les aimât comme ses fils, elle ne pouvait s'étonner de leur voir regretter la maison paternelle.

« Je dirai à leurs parents combien vous êtes bonne pour eux, s'écria M. Charras, et soyez sûre, madame, que nous vous serons tous profondément reconnaissants... Allons, marmots, un peu de courage; milady, qui vous sert de mère et vous chérit véritablement, aurait presque le droit de s'offenser de vos pleurs.

Il les quitta sur ces mots qui portèrent au comble la douleur des pauvres enfants.

Lady Bukwich, en sortant du port, les conduisit à l'école, et reprenant son air glacé, elle les engagea à travailler sérieusement et sans se plaindre.

Il est douteux pourtant qu'ils eurent la force de lui obéir ce jour-là.

Le soir, John vint les chercher comme à l'ordinaire.

En sortant, Georges heurta par mégarde un de ses condisciples, et fit tomber ses livres qui s'éparpillèrent sur le pavé.

« Voyez, s'écria le petit garçon furieux, ils nous provoquent, ils nous insultent... Le souffrirons-nous plus longtemps?

— Non, non, répliquèrent tous les autres en se précipitant sur le jeune créole et en le renversant brutalement.

Léonce s'échappa des mains de John qui essayait de le retenir, lui arracha un bâton qu'il avait à la main, et se jeta sur les agresseurs de son frère en brandissant d'un air de menace le gourdin dont il s'était fait une arme. Georges se releva et se mit en mesure à lui prêter main-forte.

Les petits méchants manquaient totalement de courage, car se serrant les uns contre les autres, ils s'enfuirent précipitamment à une assez grande distance. Léonce les regarda d'un air de mépris, et s'adossant à l'angle du quai :

« Si vous avez du cœur, leur cria-t-il, approchez, je vous attends...

Bien loin d'approcher, ils se dispersèrent au contraire dans toutes les directions.

« Viens, dit Léonce à son frère, feignons de les poursuivre, et hâtons-nous. »

— A quoi bon? demanda Georges étonné.

— Tu comprendras tout-à-l'heure,.. Viens toujours.

John, qui avait contemplé cette scène d'assez loin, car il ne se souciait point de rétablir encore une fois l'ordre et la paix parmi cette bande tracassière, vit avec une profonde surprise ses jeunes maîtres courir à toutes jambes, comme s'ils eussent été poursuivis par un ennemi aussi terrible qu'acharné.

Pendant un quart d'heure, il les attendit tranquillement, puis, ne les voyant pas revenir, il se mit à leur recherche; mais en vain, personne ne put lui dire de quel côté ils s'étaient dirigés.

Cependant Léonce avait pris la main de son frère et l'entraînait du côté du port avec une vélocité inouie.

« Quel besoin de courir ainsi? » disait Georges qui perdait haleine.

Pour toute réponse, il lui désigna les voiles de la *Caroline* qui s'enflaient doucement à la brise.

« Ah! je comprends, s'écria le petit garçon, je comprends enfin... Mais hâtons-nous, car le navire va lever l'ancre.

— Heureusement pour nous, que lady Bukwich ne nous poursuivra point jusqu'en pleine mer.

— Méchante lady Bukwich, comme elle sera étonnée de notre disparition, dit Georges en tournant la tête avec un peu d'inquiétude, afin de voir si John n'était pas sur leurs traces.

Mais non, personne. Ils entrèrent sans encombre dans le port, et se firent conduire par un canot à bord du navire de leur oncle.

L'équipage de la *Caroline* était le même qui, l'année précédente, les avait amenés de Maurice; c'était le même contre-maître, le même second. Personne ne douta, en les voyant arriver au moment du départ, que les neveux du capitaine ne fussent du voyage, tout le monde leur fit bon accueil.

— Où est notre oncle? demanda Léonce au second qui venait à eux.

Le capitaine a beaucoup souffert de son pied, cette nuit, répondit l'officier; il repose dans ce moment; ce qui n'empêchera pas la *Caroline* de lever l'ancre dans un instant. Il m'a chargé de commander la manœuvre à sa place, vous le voyez, on appareille, mais je vais faire dire au capitaine...

— Non, non, interrompit Léonce, ne réveillez pas notre oncle; nous allons l'attendre dans la salle. Dieu est pour nous, ajouta-t-il tout bas à Georges, en descendant les marches du pont; imite-moi.

Ils entrèrent à pas de loup dans la salle et, sans souffler mot, ils se jetèrent sur leurs couchettes placées l'une au-dessus de l'autre. Au bout de quelques instants, un léger balancement leur indiqua que l'ancre était levée et le bruit du sillage qu'ils entendaient le long des flancs du navire, leur annonça que la *Caroline* avait pris le large.

— Nous sommes sauvés, dit tout bas Léonce à l'oreille de son frère.

— Et notre oncle ! fit Georges.

— Notre oncle nous aime, il nous pardonnera. Silence et attendons.

Le capitaine ne put quitter son lit pendant les deux premiers jours. Le matin du troisième jour, se sentant beaucoup mieux, il voulut monter sur le pont. Le temps était superbe, mais frais. Le capitaine se couvrit de son manteau, prit un long sabre en guise de canne et, s'appuyant sur le bras droit de son contre-maître, il monta lentement les degrés qui mènent sur le pont. Quel fut son étonnement ou pour mieux dire sa stupéfaction, en apercevant ses neveux, assis sur une caisse et contemplant paisiblement le merveilleux spectacle du lever du soleil, sortant du sein des ondes, sous un ciel ruisselant de pourpre et d'or. A sa vue, tous deux se levèrent.

— Que vois-je ! et qu'est-ce que cela signifie ? s'écria le capitaine d'une voix courroucée ; Bordier, fit-il à son contre-maître, aide-moi à m'asseoir. Et vous, approchez, ajouta-t-il, quand il fut assis.

Les deux frères approchèrent.

Il avait été convenu entre eux que, dans l'interrogatoire que leur ferait subir nécessairement leur oncle, ce serait Georges qui prendrait la parole, Georges avait le ton plus doux, plus calin, leur oncle les aimait également tous les deux ; mais dans cette circonstance, Georges était plus capable que son frère de désarmer son courroux.

Me direz-vous, reprit le capitaine, avec un ton de sévérité qui était loin de son cœur, me direz-vous comment il se fait que je vous trouve ici ?

— Mon oncle !... balbutia Georges.

— Contre ma volonté, malgré moi !

— Mon oncle !...

Léonce se tenait derrière son frère pour lui prêter main forte au besoin.

— N'aie pas peur, lui dit-il tout bas ; il veut avoir l'air en colère, mais il n'en est rien ; va toujours.

— Répondrez-vous ? fit l'oncle en grossissant sa voix.

— Georges, qui se sentait soutenu par son frère, reprit avec plus d'assurance :

— Mon oncle, nous étions venus avec l'intention de te parler et...

— Et ?...

— Tu dormais.

— Il fallait me réveiller.

— Tu étais souffrant.

— Mauvaise excuse! Et que vouliez-vous me dire?

— Que nous étions si malheureux! si malheureux!...

— Malheureux! malheureux! expliquez-vous.

Georges raconta toutes les tortures qu'ils avaient subies à Plymouth, il parla sans ménagement de l'odieuse conduite de lady Bukwich, il raconta ce que leur avaient fait souffrir leurs camarades de classe, mentionna le combat qui avait eu lieu trois jours auparavant et dont l'issue aurait pu leur être fatale, sans le courage de Léonce.

— Vous avez fait cela! dit gaiement le capitaine, que les exploits de ses neveux mettaient de bonne humeur; à vous deux vous avez mis en déroute cette bande de vauriens!

— Oh! pas moi, fit modestement Georges; c'est Léonce, à lui tout seul.

— C'est bien, cela!

— Elle nous aurait encore enfermés, s'empressa d'ajouter Léonce; elle nous aurait encore mis au pain et à l'eau et Dieu sait, cette fois, pendant combien de temps; elle nous aurait battus peut-être : nous serions morts de douleur ou de faim...

— Morts de faim! Et c'est pour échapper à cette vilaine mort que vous vous êtes réfugiés à bord de la *Caroline*, juste au moment où elle mettait à la voile et vous ne m'aviez rien dit.

— Puisque tu dormais, mon oncle.

— Et vous vous êtes bien gardés de me réveiller; et vous êtes partis sans ma permission.

— Mon oncle!...

— C'est une ruse abominable et...

Les pauvres garçons tombèrent à genoux, et joignant leurs mains suppliantes :

— Punis-nous, mon oncle, dirent-ils tous les deux, mais pardonne-nous.

Le capitaine qui se contenait depuis le commencement de cette scène, n'y tint plus.

— Dans mes bras! s'écria-t-il, en les relevant; vous êtes de trop gentils pêcheurs pour que je vous punisse. Vous avez bien fait de me tromper, puisque me voilà forcé de vous ramener auprès de votre père à qui je me charge de faire entendre raison.

— Voilà la cloche du déjeûner qui nous appelle; donnez-moi le bras, mes enfants, et allons nous mettre à table.

Léonce et Georges, heureux d'avoir touché le cœur de leur oncle, firent honneur au repas : depuis longtemps, ils n'avaient mangé d'aussi bon appétit.

La traversée fut courte et heureuse.

L'arrivée des deux frères dans leur famille excita des transports de joie mêlés d'étonnement et de vagues inquiétudes. Mais lorsqu'ils eurent raconté la vie de misère et de privations qu'on leur faisait à Plymouth, les mauvais traitements qu'ils avaient endurés, leurs tribulations dans la misérable école où on les retenait toute la journée; quand on devina à leur récit, que sir Edouard Bukwich n'agissait de la sorte que pour s'approprier lâchement la presque totalité de la somme destinée à l'entretien et à l'éducation de deux pauvres enfants confiés à son honneur, ce ne fut qu'un cri d'indignation ; il n'y eut pas d'épithètes assez méprisantes pour flétrir une pareille conduite.

Ne le condamnons pas, dit tristement M. Romieux ; il fut mon ami; son âme alors était grande, noble et généreuse. S'il a été faible contre l'adversité, n'oublions pas que je lui dois la vie et prions Dieu qui m'a rendu mes fils, de l'arrêter sur cette pente fatale où le malheur et les passions, sans doute, l'ont entraîné.

Ce fut pendant quelque temps encore le sujet de conversation de la famille; puis il n'en fut plus question.

Léonce et Georges reprirent leurs promenades d'autrefois, le long des torrents, au fond des vallées, au sommet des montagnes.

Un jour qu'au retour d'une longue course, ils se reposaient, étendus à l'ombre des pamplemousses qui étaient tout proches de l'habitation, Léonce dit à son frère :

Quel beau ciel! quelle riche nature! quelles douces émanations nous arrivent des bois! Est-il besoin de savoir à fond la langue anglaise pour jouir de tout cela...? dis. Quand on possède ces belles choses que le bon Dieu a créées, que peut-on désirer encore?

— Mais de ne plus les quitter jamais, repartit Georges, d'en faire un bon usage, et de les apprécier à leur véritable valeur.

— Penses-tu donc que je n'en comprends point tout le prix?

— Peut-être : mon père nous a répété souvent que, pour l'ignorant, le plus splendide paysage est comme un livre fermé... Étudions consciencieusement, mon frère, afin de pouvoir saisir dans leurs moindres détails les magnificences de cette merveilleuse nature qui, ainsi que le psalmiste le dit du firmament, semble raconter la gloire de l'Éternel.

www.ingramcontent.com/pod-product-compliance
Ingram Content Group UK Ltd.
Pitfield, Milton Keynes, MK11 3LW, UK
UKHW021036180726
13838UKWH00004B/1831

9 782329 447803